ROBERT GOES FISHING
ROBERTO VA DE PESCA

by/por Raquel Puig Zaldívar

**illustrations by/ilustraciones de
Saundra Smith Rubiera**

LECTORUM
PUBLICATIONS, INC.
137 West 14th Street New York, N.Y. 10011

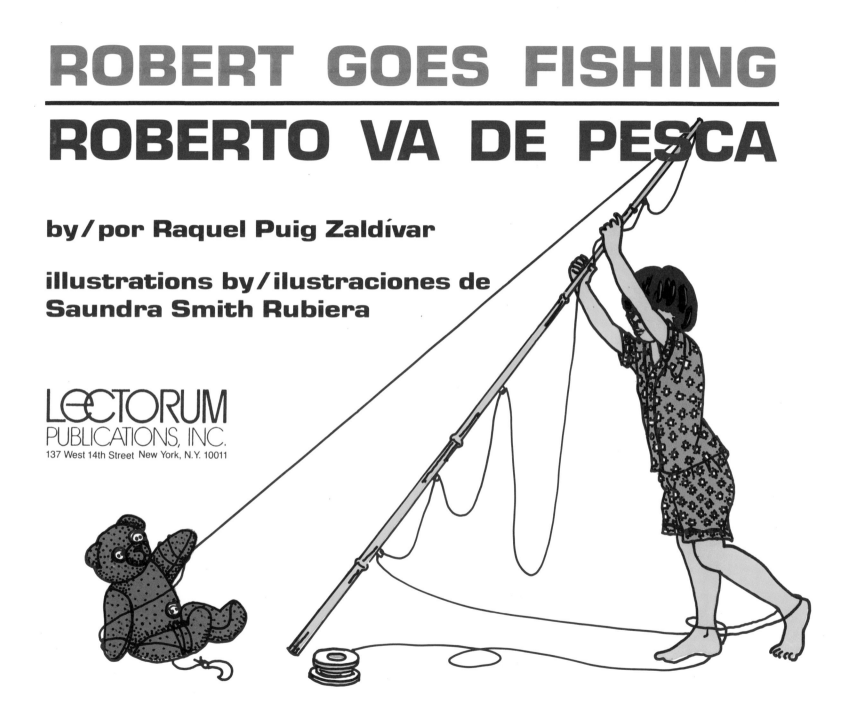

To Robert, my constant source of inspiration.—*Raquel*

To my husband Raúl.—*Sandra*

First Edition 1 2 3 4 5 6 7 8 9 10

ISBN 1-880507-00-5
Printed in Spain

One morning, Robert decided he wanted to go fishing. So, he jumped out of bed and ran to the closet to get his fishing pants. He asked his mother to give him his shirt, the one with "Siesta Key" on the front, because it reminded him of summertime, vacation, and the beach. He hurried to his grandfather's room to look for a fishing pole he could use. Soon he was ready to go.

Una mañana, Roberto decidió que quería ir de pesca. Saltó de la cama y corrió al armario a buscar sus pantalones de pescar. Le pidió a su mamá que le alcanzara la camiseta, la que decía "Siesta Key" en el frente, porque ésta le recordaba el verano, las vacaciones y la playa. Fue corriendo a la habitación de su abuelo a buscar una caña de pescar. Enseguida estuvo listo para salir.

Then, Robert looked out the window and realized it was no longer summer. A heavy autumn rain was pouring down. The grass was wet. The leaves on the trees were dripping. Dark clouds hid the sun.

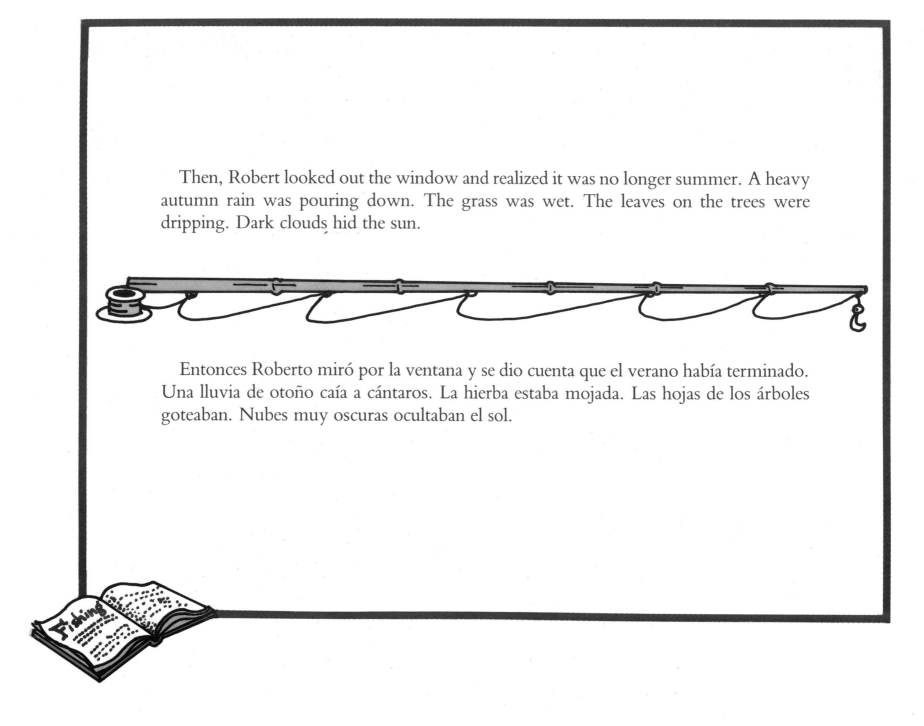

Entonces Roberto miró por la ventana y se dio cuenta que el verano había terminado. Una lluvia de otoño caía a cántaros. La hierba estaba mojada. Las hojas de los árboles goteaban. Nubes muy oscuras ocultaban el sol.

Besides, no one could take him fishing anyway. Daddy was working, and Mommy was at the typewriter, writing one of her stories. Sadly, Robert climbed onto the window seat to watch the falling rain. He held Simon, his teddy bear, tightly.

Además, nadie podía llevarlo a pescar. Papá estaba trabajando, y mamá estaba escribiendo a máquina uno de sus cuentos. Muy triste, Roberto se subió cerca de la ventana para ver caer la lluvia. Tomó en sus brazos a Simón, su osito de peluche.

The puddles on the sidewalk reminded Robert of the ocean. The leaves which had fallen on the grass reminded him of the fish that swam in the water close to shore and tickled his legs when he went swimming.

A Roberto, los charcos en la acera le recordaban el mar. Las hojas que habían caído sobre la hierba le recordaban los peces que nadaban en la orilla de la playa, haciéndole cosquillas en las piernas cuando nadaba.

9/98

Robert decided to fish anyway. He would fish from his bed! He grabbed the fishing pole and held it just like his father had taught him to when they fished in the sea.

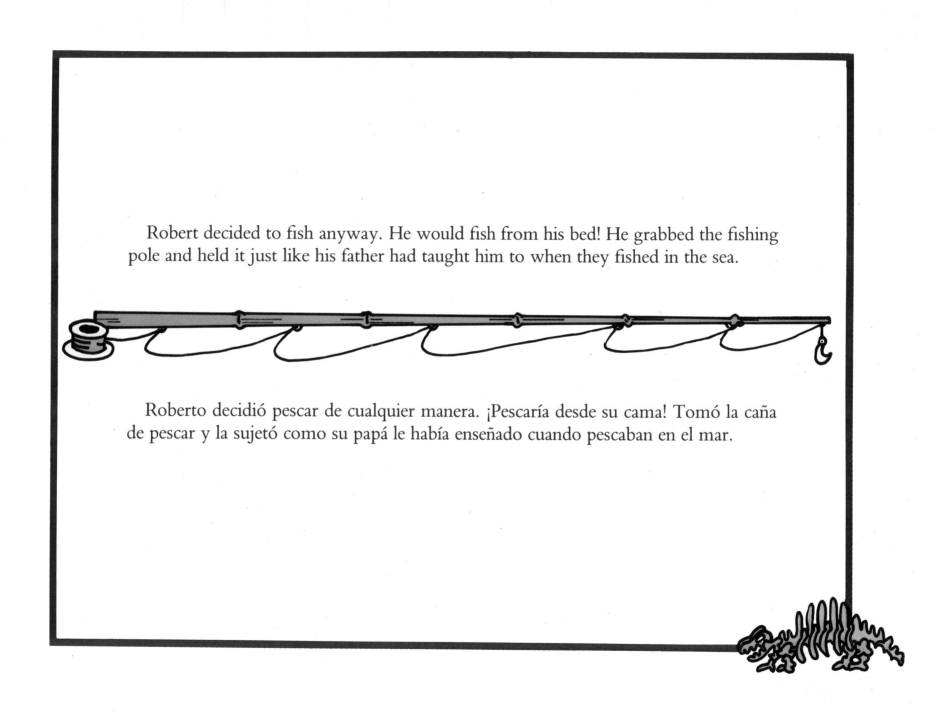

Roberto decidió pescar de cualquier manera. ¡Pescaría desde su cama! Tomó la caña de pescar y la sujetó como su papá le había enseñado cuando pescaban en el mar.

"Robert, where are you? What are you doing?" his mother asked.
"I'm fishing," he answered.
"Fishing?" His mother sounded surprised.
"Yes, I'm fishing from my bed."

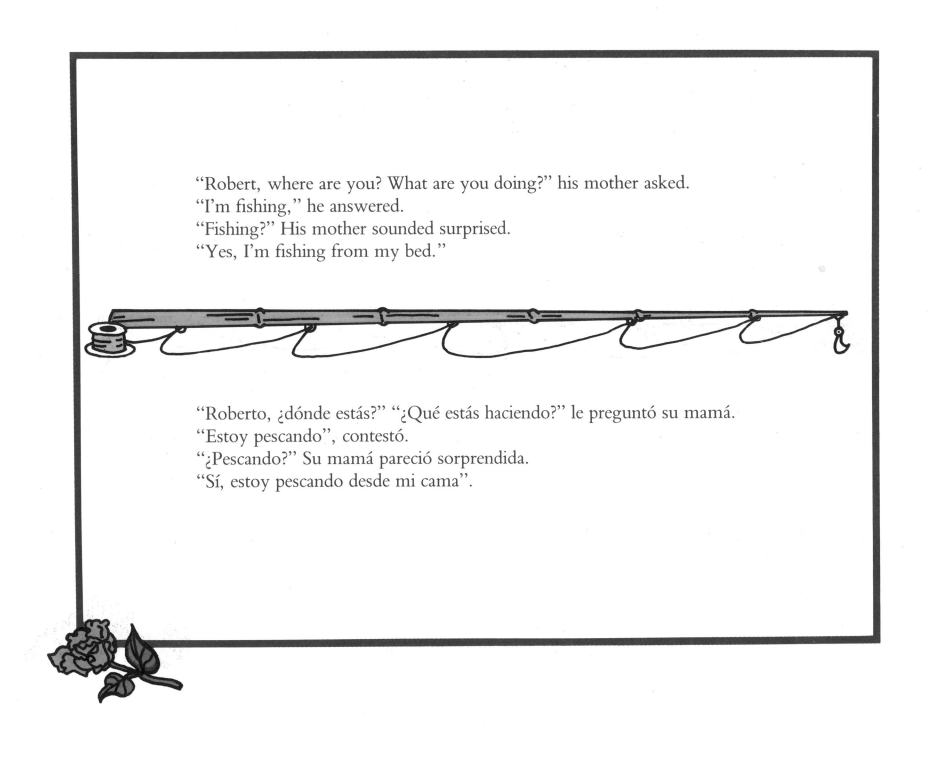

"Roberto, ¿dónde estás?" "¿Qué estás haciendo?" le preguntó su mamá.
"Estoy pescando", contestó.
"¿Pescando?" Su mamá pareció sorprendida.
"Sí, estoy pescando desde mi cama".

When his mother's typewriter stopped clicking, Robert could hear the sound of the raindrops hitting the window. He thought of the sea breeze and of the waves splashing on the sand. It was fun to pretend he was really fishing. Then, Mommy began typing again.

Cuando las teclas de la máquina de escribir de su mamá dejaron de sonar, Roberto pudo escuchar el sonido de las gotas de lluvia que golpeaban la ventana. Pensó en la brisa del mar y en las olas que salpicaban la arena. Era divertido fingir que en realidad estaba pescando. Entonces su mamá comenzó a mecanografiar de nuevo.

What if he caught a fish? Where would he put it? Robert set the fishing pole between Simon's paws. "Don't let go, Simon," he told his teddy bear.

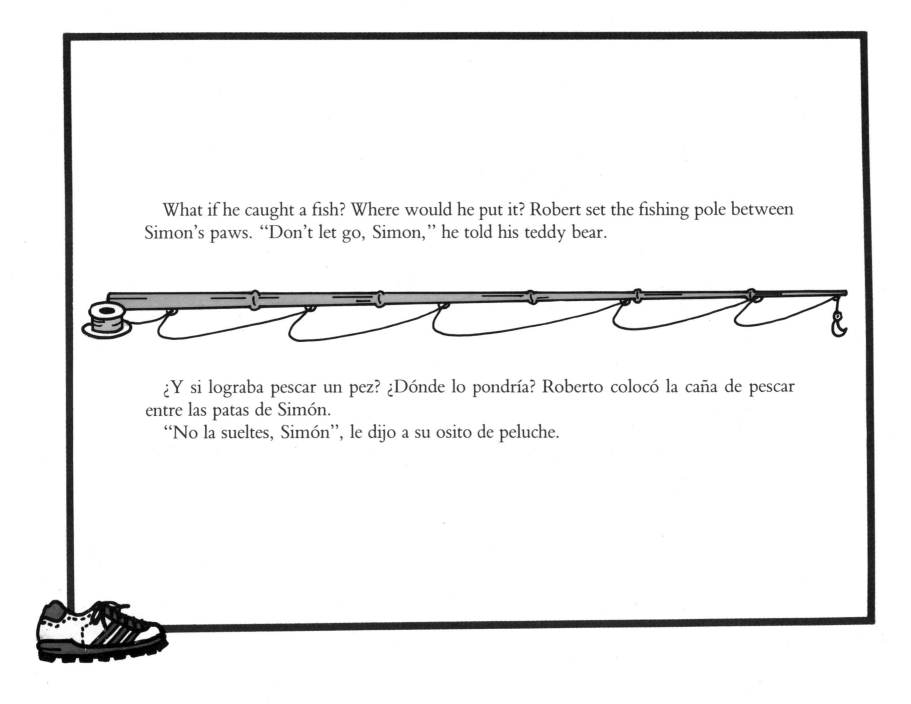

¿Y si lograba pescar un pez? ¿Dónde lo pondría? Roberto colocó la caña de pescar entre las patas de Simón.
"No la sueltes, Simón", le dijo a su osito de peluche.

Robert ran to the kitchen to get the yellow bucket.
"Where are you going, Robert?" his mother called out.
"To the kitchen, to get the bucket in case I catch a fish."

Roberto corrió a la cocina a buscar el cubo amarillo.
"¿A dónde vas, Roberto?", le preguntó su mamá.
"A la cocina, a buscar un cubo por si pesco algo".

Robert hurried back to his room and took the pole from Simon. He still hadn't caught any fish. Then, his mother's typewriter stopped, and, a few minutes later, she peeked in.

"No luck yet?"

"Nope, no fish," he answered, "but my bucket is ready."

Roberto regresó corriendo a su habitación y le quitó la caña de pescar a Simón. No había pescado nada todavía. La máquina de escribir de su mamá dejó de sonar y, unos minutos más tarde, ella se asomó a la puerta.

"¿Todavía nada?"

"Nada, ni un pez", contestó, "pero tengo mi cubo listo".

"Close your eyes, and you might catch something."

Robert shut his eyes tightly. A few moments later, he felt a tug on the fishing pole line. It was his blue plastic whale! Robert laughed as he reeled in the toy whale. Then, he untied it from the line.

"Let's do it again," he begged his mother, who was sitting on the floor ready to provide a second catch.

"Cierra los ojos y a lo mejor pescas algo".

Roberto cerró bien los ojos. Al poco rato, sintió un tirón en la caña de pescar. ¡Era su ballena plástica azul! Roberto se reía mientras sacaba la ballena plástica. Entonces, la desató.

"Vamos a hacerlo otra vez", le suplicó a su mamá que estaba sentada en el piso, lista para proporcionarle una segunda presa.

That morning, Robert caught many things from his bed. First the whale, then a stuffed dog, a rubber bear, a book, a truck, and a shoe. His mother tied everything she found within her reach, and Robert brought it up, untied it, and threw it in the bucket. He smiled, and so did his mommy. Simon was also happy holding onto the bucket.

Esa mañana, Roberto pescó muchas cosas desde la cama. Primero la ballena, después un perro de peluche, un oso de goma, un libro, un camión y un zapato. Su mamá ataba todo lo que encontraba a su alcance y Roberto lo halaba, lo desataba y lo colocaba en el cubo. Roberto y su mamá sonreían. Simón también estaba feliz sosteniendo el cubo.

"Look, Robert," his mother said, pointing outside. "It stopped raining!"
Robert looked out the window. The sun was shining and drying up the raindrops.

"¡Mira, Roberto!", dijo su mamá señalando hacia fuera. "¡Ya dejó de llover!"
Roberto se asomó a la ventana. El sol brillaba y secaba las gotas de lluvia.

Robert jumped off the bed and asked his mother to help him put on his shoes. He sat on her lap, smiling happily.

"Won't Daddy be surprised when he finds out that we went fishing after all?"

Saltó de la cama y le pidió a su mamá que lo ayudara a ponerse los zapatos. Sentado sobre las piernas de su mamá, sonreía felizmente.

"¿No se sorprenderá papá cuando sepa que fuimos de pesca a pesar de todo?"